D1135567

MIJN VADER

Toon Tellegen
Mijn vader

Met tekeningen
van Rotraut
Susanne Berner

Amsterdam Antwerpen
Em. Querido's Uitgeverij B.V.
2000

Wil je meer weten? Querido op internet:
http://www.querido.nl/

Eerste en tweede druk, 1994; derde druk, 1996;
vierde druk, als JeugdSalamander, 2000.

ISBN 90 214 3285 4 / NUGI 220

Ik stond in de deuropening. Ik was nog heel klein, maar ik weet niet precies hoe klein.

Ik zag torenspitsen en een korenveld, en ik geloof dat mijn moeder pannenkoeken bakte.

Ik hoorde het geluid van een trein.

De zon scheen.

Heel in de verte zag ik een stipje, dat naar mij toe kwam.

Wat is dát? dacht ik.

Het stipje werd groter. Het werd een zwart ding met uitstulpsels. Het sprong op en neer als een bal, dansend, stuiterend. Het kreeg armen, benen en een hoofd.

'Wie ben jij?' riep ik.

'Je vader,' riep het ding en opende een hek.

Mijn vader?? dacht ik. Daar had ik nog nooit van gehoord. 'Wat is dat?' riep ik.

'Tja...'

'Waar kom je vandaan?' vroeg ik.

'Uit het niets.'

Toen rolde dat ding zich op en stuiterde tot vlak voor mijn voeten.

Het stond op en was meteen veel groter dan ik. Maar ik was toen ook nog wel heel klein.

'Zo zo,' zei ik. 'Jij bent dus mijn vader.'

Mijn vader knikte en tilde mij op en duwde met zijn wijsvinger tegen mijn neus.

'Hallo Jozef,' zei hij.
Ik herinner me het nog precies.
Het was in de zomer.

Mijn vader is heel lang.

Hij is zó lang dat ik, als ik hem iets wil vertellen, helemaal naar boven moet klimmen.

Dat is een heel eind. Vooral van zijn riem tot zijn kin is het ver.

Meestal kom ik buiten adem bij zijn oor aan. En dan ben ik altijd vergeten wat ik vertellen wou. Dan sta ik daar wat verloren op zijn schouder.

'Ja?' vraagt mijn vader.

'Nou ja,' zeg ik maar. 'Ik dacht, ik ga maar een eindje lopen, en toen kwam ik hier terecht.'

'Wou je me iets vragen?'

'Nee, dat geloof ik niet, nee.'

'O.'

Ik rust op zijn schouder uit. Met mijn rug tegen zijn nek. Vanaf zijn schouder kijk ik over de hele wereld uit.

Ik denk dat mijn vader de machtigste man van de wereld is. Ik weet dat niet zeker, maar één moet er de machtigste zijn. In een kudde olifanten is één olifant de machtigste. Altijd. Onder de mensen is mijn vader dat. Waarom niet?

En soms herinner ik me plotseling wat ik hem vragen wou: 'Is er nog iemand groter dan jij?'

'Nee,' zegt hij. 'Maar ook niemand kleiner.'

Dát is een eigenaardig antwoord.

'En ik dan?' vraag ik.

'Jij bent niet kleiner dan ik.'

'O nee??'

'Nee.'

Maar hij legt mij dat niet uit.

En terwijl ik daarover nadenk klim ik weer naar beneden. Ik heb een zeer eigenaardige vader. 'Zeg dat wel, Jozef,' zeg ik soms tegen mijzelf, 'een zeer eigenaardige vader.'

Tegen anderen zeg ik dat niet. Die zien zelf wel hoe groot en eigenaardig mijn vader is.

Ik lag in bed.

Onder mijn bed lag een boef.

In het donker kroop hij onder mijn bed uit en boog zich over mij heen.

Hij zei verschrikkelijke dingen tegen mij.

'Schoft,' zei hij.

'Waarom?' vroeg ik.

'Moet ik je dat uitleggen?' vroeg hij.

'Ja,' zei ik.

'Nee!' gilde hij. 'Dat moet ik je niet uitleggen!' Hij zwaaide met zijn vuist vlak voor mijn ogen.

'Ik ga je kelen,' zei hij.

'Kelen?' vroeg ik. 'Wat is dat?'

'Kelen?' vroeg hij. 'Weet je niet wat kelen is?'

'Nee.'

'Weet je dat niet??'

'Nee.'

Hij legde zijn handen om mijn hals en begon te knijpen. 'Dit is kelen,' zei hij.

'Help,' kon ik nog net roepen, met een ge-

9

smoorde stem. Maar het was hard genoeg: mijn vader stormde naar binnen.

Hij tilde de boef met één hand op. 'Zo, boef,' zei hij.

Met zijn andere hand deed hij het raam wijd open, schoof het gordijn opzij en slingerde de boef weg.

Ik was uit bed gesprongen en stond naast hem.

'Zie je hoe ik hem wegslinger?' vroeg mijn vader.

'Ja,' zei ik.

'Laag over de grond. Zo moet je boeven weg-slingeren. Nooit recht omhoog. Zal je dat ont-houden?'

'Ja.'

'En als je een boef over het water gooit moet je hem keilen. Zodat hij op het water stuitert. Je pakt hem bij zijn voeten en gooit zó dat hij in het rond draait. Zo kan je hem keilen.'

Hij vertelde dat hij een keer een boef over een meer had gekeild. De boef was tien keer op het water gestuiterd en toen middenin het meer te-rechtgekomen.

'Help,' had hij geroepen. 'Wat moet ik nou?'

'Zwemmen,' had mijn vader geroepen.

'Waarheen?'

'Naar de overkant.'

'O.'

Hij had die boef nooit teruggezien.
'Keilen moet je leren,' zei hij.
Hij heeft daarna een plank onder mijn bed getimmerd, zodat er daar geen plaats meer was voor boeven. 'Eventuele boeven,' zei hij.

Mijn vader kan heel goed dansen.

Mijn moeder vindt het geen gezicht, maar ik wel.

Hij danst soms 's avonds op straat, helemaal alleen, onder een lantaarnpaal, als ik in bed lig.

Dan tikt hij al dansend op mijn raam.

'Jozef, Jozef...!'

Ik klim uit bed en kijk naar hem.

Hij danst, en botst tegen uithangborden, veranda's. Hij zet begonia's, geraniums en poezen van balkons zomaar op zijn schouders, terwijl hij danst. Hij danst met een lantaarnpaal. Als ik heel goed kijk dan danst de lantaarnpaal mee.

Hij zingt:

als de wereld niet bestond,
waar was ik dan,
een oude man...

'Jozef!' roept hij.

Hij tilt mij uit mijn raam en danst met mij.
Mijn moeder hoort het en staat in de deur.
'Niet doen,' zegt ze. 'Niet doen.'

Dan zet hij mij weer terug en stap ik weer in bed.

Maar ik hoor hem buiten nog zingen. En ik geloof dat ik de lantaarnpaal hoor rammelen. En ik weet zeker dat ik allemaal poezen hoor miauwen.

Mijn vader kan onzichtbaar worden.

Want vaak is hij er, terwijl ik hem niet zie.

Als hij onzichtbaar is zegt hij niets: dat hoort erbij.

Als hij zichtbaar is vraag ik hem wel eens hoe

je dat moet doen, onzichtbaar worden.

'Nou...' zegt hij dan, 'dat zal ik je eens uitleggen.'

Dan schraapt hij zijn keel.

'Het is een koud kunstje,' zegt hij.

Dan fronst hij zijn wenkbrauwen.

'Kijk,' zegt hij.

Maar dan komt er altijd iets tussen: bezoek, eten, de telefoon. Hij legt het me nooit uit.

Ik denk dat mijn vader alleen maar onzichtbaar kan worden omdat hij álles kan, dus ook onzichtbaar worden.

Als hij onzichtbaar is dan is hij ook onhoorbaar. Soms vind ik dat heel erg. Dan hol ik door de kamers, wil tegen hem aan botsen, klim op de tafel, op de vensterbank. Niets. Of zou hij ook onvoelbaar kunnen zijn? Of zou hij steeds vlak achter mij aan lopen?

Ik loop zigzag, sta plotseling stil, doe een stap achteruit, spring. Niets.

Maar een heel enkele keer is hij wel onzichtbaar, maar niet helemaal onhoorbaar. Dan lig ik heel stil, in bed, in het donker. Mijn vader is hier, zeg ik dan zachtjes, tegen mijzelf. Dan hoor ik hem ruisen, zijn lange, zwarte jas. Dan heb ik het koud. Maar dan kan mij niets gebeuren.

Mijn moeder heeft een rode houten hamer.

Soms klimt ze op een trapje en slaat met die hamer op het hoofd van mijn vader.

Dan wordt hij kleiner.

Soms wordt hij net zo klein als ik of nog kleiner. Dan zit hij naast mij op een krukje en voeren wij een gesprek.

Het zijn geen bijzondere gesprekken, maar ze zijn wel gezellig.

Er is ook een soort tang, die mijn vader om zijn hoofd klemt en waarmee hij zichzelf omhoog kan trekken, zodat hij groter wordt, net zo groot als hij maar wil.

Mij lukt dat nooit.

Hij trekt en sjort aan die tang tot hij hoog boven mijn moeder en mij uitkomt.

'Hoe laat is het?' hoor ik hem roepen. Ik kan

zijn hoofd niet eens zien, zó ver weg is het.

'Half acht.'

'Naar bed!' komt zijn stem uit de verte.

'Ja.'

Dan ga ik naar bed. Ik zeg niet graag nee in zo'n geval.

Maar als mijn vader gemiddeld is, dus niet al te lang en niet al te kort, dan kan ik af en toe nee zeggen.

'Naar bed.'

'Nee.'

Zonder dat er iets gebeurt.

Maar ik weet dat van tevoren nooit helemaal zeker.

Mijn vader, mijn moeder en ik waren bij een dokter.

'Die amandelen moeten eruit,' zei de dokter. Hij keek in mijn mond.

Mijn vader zei: 'Die amandelen moeten er helemaal niet uit.'

'Maar kijkt u dan zelf,' zei de dokter.

Mijn vader keek in mijn mond en zei: 'Zoals ik zei: die amandelen moeten er helemaal niet uit.'

'Maar ík ben dokter,' zei de dokter.

Hij trok nog een witte jas over zijn witte jas aan, en nog een, hing nog een stethoscoop om zijn nek.

'Als ík geen dokter ben...' zei hij.

Maar mijn vader zei: 'Die amandelen gaan er niet uit.'

'Wat nu?' zei de dokter.

Mijn vader haalde zijn schouders op.

De dokter drukte op een bel en er kwamen andere dokters binnen. Zij gingen om mij heen staan en keken in mijn mond.

Mijn moeder was heel stil geworden en had zich achter een gordijn verstopt.

Alle dokters zeiden: 'Die amandelen moeten eruit. Daar is geen twijfel aan.'

Maar mijn vader zei: 'Ze gaan er niet uit.'

Die dokters liepen rood aan, stampten op de grond. Sommigen grepen mijn vader beet. Er ontstond geworstel en gedrang. De dokters gilden. Ik kon mijn mond bijna niet meer openhouden.

Mijn vader stak boven iedereen uit en won.

De dokters dropen af.

'Kom,' zei mijn vader. 'We gaan.'

Mijn moeder kwam van achter het gordijn tevoorschijn.

'En?' vroeg ze. 'Zijn ze weg?'

'We gaan naar huis,' zei mijn vader.

Ten gevolge van de strijd lagen er overal watten, pleisters, rollen verband en kapotte flessen op de grond.

We gingen naar huis.

Buiten stonden duizenden dokters met hun

vuisten te zwaaien: 'Die amandelen moeten eruit! Die amandelen moeten eruit!'

Ze hadden vaandels en witte vlaggen vol bloedspetters.

'Opzij,' zei mijn vader. 'Anders gaan er hier een paar andere amandelen uit...'

De dokters stoven weg. Sommigen waren daar met motoren, en reden brullend weg. Hun amandelen waren hun heilig.

'Mooi weer, hè?' zei mijn vader tegen ons. 'Ja ja.' Hij wreef in zijn handen. 'Het wordt een mooie dag.'

Zijn hoofd kwam tot aan de toppen van de bomen.

Mijn moeder kwam tot zijn middel.

Ik kwam tot het middel van mijn moeder.

Mijn vader floot.

'Je bent lang vandaag,' zei mijn moeder.

Hij knikte.

'En jij bent lief,' zei ze tegen mij.

'Waarom?' vroeg ik.

'Nou ja,' zei ze, 'waarom is iemand lief? Zomaar, meestal.'

Mijn vader is heel lang en ik heel kort. Ik kom zo ongeveer tot zijn knie.

Als we gaan fietsen dan komt mijn stuur tot vlak onder de bovenkant van zijn wiel.

De mensen kijken naar ons. Zij schudden hun hoofd over ons. Zo groot en zo klein... Dan zegt mijn vader: 'Goedemiddag allemaal, dit is mijn vader.' Hij wijst naar mij.

'En dit is mijn zoon,' zeg ik en wijs naar hem.

Niemand wil ons geloven.

'En toch is het zo!' buldert mijn vader opeens.

Dan geloven ze hem. Ze beven en zeggen: 'Jazeker, u bent de zoon, en die daar is de vader. Ja ja.'

Ik wou dat hij ook op die manier voor mij naar school zou gaan. Dat zou makkelijk zijn, want:

hij weet al alles,

hij zou nooit straf krijgen, want niemand zou hem straf kunnen geven,

mijn vriendjes zouden met hem mee naar ons huis komen, als hij dat vroeg – ze zouden alles doen wat hij zei,

en ik zou overdag eens op straat kunnen gaan kijken.

Het zou dus alleen maar voordelen hebben. Maar mijn vader wil dat niet.

Op de fiets mag ik zijn vader zijn, en hij mijn zoon. Maar verder niet.

Mijn vader rookt een pijp. Maar hij rookt alleen voor het mooie, niet voor het lekkere. (Zo kan je ook pudding alleen voor het mooie eten.)

Hij blaast rookwolken uit die op bomen lijken, en soms op een kasteel. Dan vertelt hij wie er in dat kasteel woont, wie daar gevangen gehouden wordt. Iemand die jammert en handen wringt en holle ogen heeft.

Hij blaast een ridder van rook uit zijn mond, die over een slotbrug gaat en aan de poort van het kasteel klopt.

'Wie is daar?'

'Een ridder.'

'Wat komt u doen?'

'Iemand bevrijden.'

'Geen sprake van.'

Mijn vader blaast de ridder dwars door de poort. De balken versplinteren, de splinters val-

len in het water, in het water vormen zich krin-
gen en eenden vliegen op.

'Wie is daar?' roept de gevangene.

'Een ridder.'

'Wat komt u doen?'

'U bevrijden.'

'O.'

Die gevangene heeft zoveel meegemaakt dat
hij nog niet blij kan zijn en niemand zomaar ge-
looft.

Maar mijn vader blaast de ridder van rook
naar hem toe en bevrijdt hem. En als twee kleine wolkjes trekken ze over de tafel weg, naar
het raam, de tuin in.

Mijn vader is de grootste man die er be-
staat.

Als zijn vrienden op bezoek komen, zitten ze

op zijn schouders en zijn knieën.

Dan praat hij tegen ze in vreemde talen: 'Nisjni nosjni nasjni nusjukwakskwokskwok.'

Zo ongeveer.

Ze moeten allemaal om mijn vader lachen. Overal zitten vrienden. Uit al zijn zakken puilen ze, en op zijn hoofd staan ze te dansen van plezier.

Als ze naar huis gaan krijg ik een hand van ze en zeggen ze: 'Ach ach, wat een vader heb jij toch, Jozef, wat een vader... wees maar heel voorzichtig met hem...'

Maar waarom zou ik voorzichtig met mijn vader moeten zijn? Hij is zo groot. Als je met een bulldozer in volle vaart op hem af zou rijden, dan zou hij je zo tegenhouden.

Ik kan net zo onvoorzichtig met hem zijn als ik wil. Er kan toch niets met hem gebeuren.

Ik zou wel eens willen weten wat hij zijn vrienden allemaal vertelt.

Mij vertelt hij dat hij een eindje gaat fietsen, of dat de zon schijnt, of dat dát nou koekoeksbloemen zijn.

Later zal ik hem toch eens zeggen dat ik hem wel apart vind, en dat ik niet zeker weet of ik dat wel prettig vind.

Soms, als ik iets niet weet op school, dan helpt mijn vader mij.

Hij heeft mij uitgelegd hoe hij dat doet.

Hij kan zich net zo lang uitrekken als hij wil.

Hij gaat achter een boom staan, want niemand mag hem zien, zeker de juffrouw niet. Heel langzaam rekt hij zich uit, om de boom heen, het hek over, het schoolplein op, het open raam in. Als het winter is, is het moeilijk, want dan moet hij door een sleutelgat heen of onder een deur door en dat valt niet mee, heeft hij mij verteld.

In de klas kijkt hij waar ik zit. Dan rekt hij zich heel dun uit, om twee jongens heen, tot bij mijn oor.

En net op dat moment vraagt de juffrouw: 'Hoeveel is driehonderd achtenzeventig gedeeld door zevenentwintig, Jozef?'

'Veertien,' fluistert mijn vader in mijn oor.

'Veertien,' zeg ik.

'Heel goed, Jozef, heel goed,' zegt de juffrouw, heel verbaasd. 'Hoe weet je dat?'

'Ach... ja... wat zal ik zeggen... dat... eh...' zeg ik.

'Komt me aanwaaien,' fluistert mijn vader.

'Komt me aanwaaien,' zeg ik.

'Aanwaaien... hoe kom je daar nou weer bij...?' vraagt de juffrouw.

'Ach... ja... wat zal ik zeggen...' zeg ik.

'Zeg verder maar niets,' zegt mijn vader zachtjes.

'...ik zeg verder maar niets,' zeg ik.

'O,' zegt de juffrouw.

'Ze kijkt verbouwereerd,' zegt mijn vader.

Ik kijk naar haar. Zo, denk ik, dat is dus verbouwereerd. Ik probeer te onthouden hoe ze kijkt.

Dan gaat mijn vader weer weg.

'En vierhonderd vijf gedeeld door zevenentwintig?' zegt ze plotseling.

'Dat is... eh... eh...'

Mijn vader komt heel gauw terug, maar botst tegen het raam aan, valt op de grond, heeft een buil op zijn hoofd en trekt zich weer terug achter de boom.

'Dat weet ik niet,' zeg ik. 'Maar driehonderd achtenzeventig gedeeld door zevenentwintig was veertien, dat weet ik zeker.'

Dat moet de juffrouw toegeven. En verder vraagt ze niets aan mij.

Mijn vader heeft de wereld gered.

'Ach,' zegt hij, 'dat was niets...' Hij wil er niets van weten. Maar ik wil er wel iets van weten, want hij is mijn vader.

En dus doe ik een raam open en roep over straat: 'Mijn vader heeft de wereld gered!'

Er blijven een paar mensen staan. Twee fietsers stappen af.

'Zo zo,' zeggen ze. 'Dat is heel wat.'

'Ja,' zeg ik.

'Heeft hij dat alleen gedaan?'

'Ja.'

'Wat was er dan aan de hand met de wereld?'

'Hij verdronk,' zeg ik. Ik weet het niet precies. Misschien is het iets anders, heeft hij in brand gestaan of scheurde hij.

'O,' zeggen ze, 'de wereld verdronk dus...'

'Ja,' zeg ik, 'en toen heeft mijn vader hem maar gered.' Ik doe het raam dicht.

Ze mogen weer doorlopen en doorfietsen.

Ze begrijpen er toch niets van. Maar ze kunnen alleen maar lopen en fietsen, en de zon kan alleen maar schijnen, en de vogels kunnen alleen maar fluiten, omdat mijn vader de wereld heeft gered.

Ze mogen daar wel dankbaar voor zijn. Maar ze weten het niet. Mijn vader vertelt het aan niemand. Alleen aan mij, en alleen 's nachts, in het donker, als het heel stil is, dan vertelt hij wat hij allemaal kan, en dat hij mij zou redden, en mijn moeder, en de wereld, als het moest.

Toen ik hem op een keer vroeg: 'Heb je de wereld echt gered?' toen zei hij zachtjes, achter mijn bed (ik hoorde zijn jas ruisen): 'Ja.'

Ik voelde zijn hand, of liever: ik hoorde zijn hand. Hij stopte mijn dekens in.

Mijn vader ging met mij mee naar zwemles.
Ik kon bijna zwemmen en klom op de kant.
De badmeester zei: 'Erin, Jozef!'
Maar ik stond te rillen en wilde niet meer.
De badmeester kwam naar mij toe.
Ik moest er wel weer in.

Toen greep mijn vader de badmeester beet en gooide hem in het water.

De badmeester schreeuwde en zwom naar een trapje. Mijn vader hield hem tegen: 'Zeg dat Jozef heel goed kan zwemmen.'

'Niet doen!' riep de badmeester.

'Zeg dat Jozef heel goed kan zwemmen,' zei mijn vader opnieuw.

'Jozef kan heel goed zwemmen,' hijgde de badmeester.

'Goed genoeg?'

'Goed genoeg.'

'Geef hem dan zijn diploma.'

De badmeester klom het water uit, liep druipend naar zijn hok en gaf mij een diploma. Diploma A.

Toen kon ik dus zwemmen.

'Gefeliciteerd,' mompelde de badmeester.

Ik mocht me aankleden.

De badmeester riep naar de andere kinderen: 'Erin! Vlug! Allemaal! Schiet op!' Zijn stem sloeg over.

Zij sprongen erin. Zij hadden een blauwe kleur. Hun vaders stonden met elkaar te praten, gevulde koeken te eten en te lachen.

'Doen wat de badmeester zegt,' riepen zij met volle mond. Die andere kinderen konden nog niet zwemmen.

'Zwemmen is niet moeilijk,' zei ik tegen mijn vader, toen we naar huis liepen.

'Nee,' zei hij. 'Er is niets aan.'

Ik wandelde met mijn vader en werd moe.

'Weet je wat,' zei hij. 'Ga jij maar even in mijn koffertje zitten.'

Hij stopte me in zijn koffertje en we liepen verder.

Ik zat daar heerlijk. Ik zwaaide heen en weer aan zijn hand.

Als hij iets zei klonk het van heel ver weg.

Ik zat over van alles na te denken, daar in het donker, en riep: 'Waar komen de sterren eigenlijk vandaan?'

'Van de brerren.'

'Ik kan je niet verstaan!'

'De maan?'

'Laat maar.'

'Lamaar?'

'Laat maar!

We hadden afgesproken dat als ik drie keer van binnen uit op dat koffertje bonkte, dat dat betekende: laat maar.

Ik bonkte drie keer op het koffertje.

Ik denk dat ik in slaap ben gevallen en dat mijn vader mij was vergeten.

Ik werd wakker. Ik stond stil. Ik hoorde stemmen, en legde mijn oor tegen het koffertje.

Het waren mijn vader en mijn moeder. Ze praatten zachtjes met elkaar.

'Weet je,' zei mijn vader.

'Ja,' zei mijn moeder.

'Zal ik je eens iets vertellen?'

'Nou?'

'Dat ik...'

'Ah! Ik weet het al,' zei mijn moeder.

'Wat dan?'

'Dat je heel veel...'

'Ja.'

'...van me...'

'Hoe weet je dat??'

'Jaaaa...' zei mijn moeder, heel langgerekt.

'Maar je weet niet hoe het verder gaat.'

'Jawel, o jawel.'

'Hoe dan?'

'Dat je heel veel, heel veel...'

'Dat had je al.'

'Ja.'

'Maar dan verder...'

'...van me...'

'Ja.'

'...houdt.'

'Ja!' zei mijn vader.

'Zie je wel,' zei mijn moeder.

'Ja,' zei mijn vader. 'Dat is zo.'

Het was een eigenaardig gesprekje. Ik wist heel goed dat ze heel veel van elkaar hielden. Dat hoefden ze elkaar niet meer te vertellen.

Zal ik vijf keer bonken? dacht ik. Dat betekende dat ik eruit wilde. Nee, dacht ik. Laat ik maar wachten. Ik zat daar heerlijk.

Mijn vader en moeder zeiden niets meer. Ik denk dat ze sliepen. Ik dacht aan de sterren en de maan en het heelal.

Mijn vader weet alles.

Dat is niets bijzonders. Daarom zal ik er iets bij vertellen over mijn vader.

'Mijn vader heeft de wereld in elkaar gezet.'

'O ja?? Heeft jouw vader de wereld in elkaar gezet??' vraagt iedereen.

'Ja. Mijn vader heeft de wereld in elkaar gezet.'

'Dat geloven wij niet.'

'Dat geloven jullie wel!'

'Dat geloven wij niet.'

'Let maar op.'

Het wordt heel stil. Ik zwaai met mijn armen, prevel een toverspreuk en sla mijn ogen omhoog.

'Ja, nu geloven wij het ook,' zegt iedereen.

Mijn vader heeft dus de wereld in elkaar gezet en iedereen weet dat.

'Als ik hem zou vragen: hoe heb je dat gedaan, dat in elkaar zetten, dan zou hij zeggen: ach, Jozef, dat was een peulenschil.'

Een peulenschil is een werkje van niets.

'O ja?? Een werkje van niets?? Nu geloven we wel dat je vader de wereld in elkaar heeft gezet. Goed. Maar dat het een werkje van niets was, geloven wij niet,' zegt iedereen.

'Dat geloven jullie wel!'

'Dat geloven wij niet.'

Plotseling verschijnt mijn vader, in een grote, lange, wapperende jas, haalt de wereld uit elkaar en zet hem meteen weer in elkaar. In één tel.

'Geloven jullie het nu?' vraag ik.
'Ja, nu geloven we het.'
'Dus mijn vader kan alles?'
'Jouw vader kan alles, weet alles en is alles.'
Ik slaak een diepe zucht, want het is hele-maal niet eenvoudig zo'n vader te hebben.

Mijn vader en ik gingen op reis. Met een tent. We reisden naar Amerika en naar Australië.

'We gaan overal heen, Jozef,' zei hij. 'Overal. Noem maar op.'

'Afrika,' zei ik.

We gingen naar Afrika.

We zetten onze tent neer aan de rand van de woestijn.

'En?' vroeg mijn vader. 'Hoe vind je Afrika?'

'Leuk,' zei ik.

Ik vond het in Afrika leuker dan in Amerika en Australië.

We gingen slapen.

De volgende dag liepen we verder Afrika in. De woestijn uit. We kwamen in een land van groene heuvels en hoog gras.

'Dit is de savanne,' zei mijn vader.

We kwamen herders tegen, met kuddes koeien. Mijn vader praatte met ze.

We raakten steeds verder in de wildernis. We zagen bavianen, zebra's, giraffen, leeuwen.

'Hallo leeuw!' riep mijn vader tegen een leeuw.

De leeuw brulde iets terug.

'Dat betekent "Hallo vader van Jozef",' zei mijn vader.

Ik zag een haas.

'Hallo haas,' zei ik.

Maar de haas holde hard weg en maakte geen geluid.

De zon schitterde aan de hemel.

Bij een rivier aten we onze boterhammen, die we altijd bij ons hadden.

En 's nachts lagen we te luisteren naar de geluiden van de nachtdieren.

'Waar gaan we nu heen?' vroeg mijn vader.

Ik schudde mijn hoofd.

'We blijven in Afrika,' zei ik.

'Dat is goed,' zei mijn vader.

Mijn vader was boos.

Er kwamen vonken uit zijn ogen en de tafel en de stoelen vlogen in brand.

Mijn moeder rende heen en weer met emmers water om het vuur te doven.

Toen was hij niet boos meer. Maar van de stoelen was niet veel meer over. En de deurtjes van de kast waren kromgetrokken en de schilderijen waren geblakerd.

Mijn vader huilde.

'Ja ja,' zei mijn moeder. 'Krokodillentranen.'

Het waren enorme tranen.

Hij zat op de vensterbank en steeds groter waren de tranen die langs zijn wangen rolden. Er was al een traan bij waar je je hoofd in had kunnen onderdompelen, een traan waarin je met een roeiboot had kunnen varen, een traan waar je met een zeilboot overheen had kunnen

varen, en waarin de zon onderging, als een rode bol.

Nu overdrijf ik, dat weet ik wel.

Maar mijn vader kan wel heel boos worden.
En er kunnen vonken uit zijn ogen schieten. En
soms staat hij zelf in brand en gooit mijn moeder een emmer water over hem heen en sist hij
en dampt hij.

En hij kan ook heel verdrietig zijn en treuren.

Dan sluipen wij meestal de kamer uit.

'St,' zegt mijn moeder zachtjes. 'Hij treurt.'

Dan is het hele huis verdrietig. Dan verlep-
pen de stoelen. Ik bedoel: dan zijn alle dingen
ook verdrietig. De vorken, de messen. Als je
dan de kraan opendraait stroomt er treurig water in de gootsteen.

En als mijn vader vrolijk is dan schudden de
schilderijen aan de muren van het lachen, en
vallen ze er soms af.

Dan slaat de tafel zich op zijn poten.

Nou ja, goed. Ik wou alleen maar laten weten
dat mijn vader alles kan. Boos zijn, treurig zijn,
vrolijk zijn. En ook heel gewoon zijn, soms.

Mijn vader was jarig.

Er was een taart met ontelbare kaarsjes, door het raam heen, tot op straat.

's Middags om drie uur zou mijn vader al die kaarsjes in één keer uitblazen.

Er stond een bord voor onze deur:

HEDENMIDDAG DRIE UUR
DE GROOTSTE MAN TER WERELD
BLAAST KAARSJES UIT

Er waren veel mensen. Ook mijn opa en oma. En fotografen. Precies om drie uur kwam mijn vader binnen. Hij had een glimmend groen pak aan, gele schoenen en een klein rood mutsje.

'Gefeliciteerd!' riep iedereen.

'Dank u, dank u,' zei hij. Hij zag mij en tilde mij op.

'Dit is Jozef,' zei hij. 'Mijn zoon.'

Iedereen klapte.

Toen zette hij mij naast zich neer, haalde diep adem en blies.

De stoelen vlogen omver. Mijn opa en oma riepen nog 'Hola' en vlogen in de hoek. En de fotografen zagen hun fototoestellen door de ramen verdwijnen.

Mijn vader blies niet alleen de kaarsjes uit, maar hij blies ze ook allemaal van de taart af. Ontelbare kaarsjes vlogen door het raam, als vliegen, en verdwenen in de verte.

'Zo,' zei hij toen.

Mijn opa en oma kwamen weer uit de hoek tevoorschijn.

'Nou,' zeiden ze, 'dat was wel hard, hè.'

'Tja...' zei mijn vader. 'Echt hard blazen is natuurlijk anders...'

'Nee nee,' zei mijn grootmoeder, 'dat hoeven we niet te weten.'

'Nee,' zei mijn opa.

Daarna begonnen we aan de taart. Er kwamen duizenden mensen.

Iedereen kreeg een stuk.

En mijn vader stak boven iedereen uit, stapte over iedereen heen, nam af en toe een hap en zei: 'Heel gezellig.'

Het was ook heel gezellig.

Een jongen wilde mijn vader ruilen. Hij had zijn eigen vader dubbel. Ik mocht ze eerst bekijken.

Ik ging met hem mee naar zijn huis. Ze zaten net allebei een boterham te eten.

'Dat is mijn ene vader en dat mijn andere,' zei hij.

'Dag Jozef,' zeiden ze. Die jongen had al verteld dat ik kwam.

Ze waren allebei nogal dik. De een had rode wangen, de andere rood haar. Toen ze hun boterham op hadden liepen ze door de kamer en tilden omstebeurt hun zoon op, gooiden hem in de lucht en vingen hem weer op.

Het leken mij wel aardige vaders. En ik mocht ook kiezen.

'Ze lijken erg op elkaar,' zei die jongen, 'daarom wil ik er een ruilen. Als ik er maar een had ruilde ik hem nooit.'

Maar ik deed het niet. 'Nee,' zei ik.

Toen ik thuiskwam vertelde ik aan mijn vader dat ik hem had kunnen ruilen, maar dat ik het niet had gedaan.

'Dank je wel, dank je wel!' zei hij en schudde mijn hand.

'Ik ruil je nooit,' zei ik.

'Ik jou ook niet,' zei hij.

We knikten naar elkaar en waren heel tevreden.

Maar als ik mijn vader dubbel had dan zou ik er wel een ruilen. Die vader met die rode wangen had ik dan genomen. Twee verschillende vaders is toch leuker dan twee dezelfde.

En hoe zouden tien vaders zijn, of honderd? Dan zouden we in een groot huis wonen. Dan zou ik er ook hele kleine vaders bij willen, en zeldzame en oude en jonge en een paar die altijd vrolijk zijn en een die ernstig is en verhalen vertelt – alles wat mijn vader kan, zouden die honderd dan elk apart kunnen.

Het grote voordeel zou zijn dat er altijd wel een paar thuis zouden zijn en een paar zouden willen voetballen of mee naar de kermis gaan. En als er een zei: 'Ik ga weg en ik kom nooit meer terug' of als er een heel boos was, dan waren er altijd wel andere die niet weggingen en niet boos waren.

Honderd vaders, en geen twee dezelfde, dat zou ik wel willen.

Zou er iemand bestaan met honderd vaders?

Mijn vader redt mij altijd, wat er ook gebeurt.

Ik zal eens opnoemen waarvan hij mij heeft
gered.

Van verdrinken: ik was in een sloot gevallen,
hij sprong erin en trok mij uit de modder.

Van verbranden: ik lag in bed, ik sliep, het
huis vloog in brand en hij stormde mijn kamer
in. Hij tilde mij uit mijn smeulende bed, sloeg de
vlammen van mijn pyjama en holde met mij de
brandende trappen af. En ik werd niet eens
wakker.

Van vijandelijke kogels: hij heeft de daders
onschadelijk gemaakt voordat zij goed konden
mikken.

Van een afgrond: hij heeft zijn arm uitge-
strekt, die ik net nog kon pakken, en mij om-
hooggetrokken. Toen ik boven stond keek ik
naar beneden. Het was een enorme afgrond. Ik
kon de bodem niet zien.

Van een dodelijke ziekte: hij heeft mij beter
gemaakt toen de dokter dat niet meer kon.

Er kan mij dus niets gebeuren.

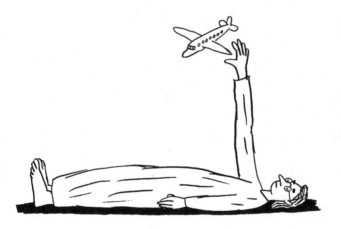

Als mijn vader dood is ligt hij in een graf.

Maar mijn vader is zó lang dat zijn armen
door de aarde naar buiten steken. Eén arm
wijst naar boven, één arm ligt op het graf.

Die arm die naar boven wijst zwaait heen en

weer, net als de bomen op het kerkhof. Maar plotseling wordt die arm nog langer en gaat om de bomen, om een kerk en om een rij huizen heen. De hand van die arm gaat een deur in, een trap op, mijn kamer in. Een vinger van die hand tikt op mijn schouder. Ik lig in bed en slaap bijna.

Onder de nagel van die vinger zit een luidspreker.

'Jozef,' hoor ik zeggen. Het is de stem van mijn vader.

'Ja,' zeg ik. Er zit ook een microfoon in die vinger.

'Hallo Jozef.'

'Ben je niet dood?' vraag ik.

'Jawel.'

'Wat doe je als je dood bent?'

'Liggen.'

'Heb je het koud?'

'Ja.'

'Lig je gemakkelijk?'

'Nee.'

'Hoe is het om dood te zijn?'

'Verschrikkelijk.'

'Waarom ben je dan doodgegaan?'

'Jaaaa... kijk...'

'Wat kom je hier doen?'

'Even op je hoofd tikken.'

De top van de vinger tikt twee keer tegen mijn hoofd.

'Kan je helemaal opstaan?'

'Nee.'

'Waarom niet?'

'De aarde is zo zwaar. Alleen mijn arm kan eruit. En die kan net zo lang worden als ik wil.'

'Tot aan China?'

'Nou, China...'

'En tot in de lucht, tot in een vliegtuig?'

'Hij kan wel op vliegtuigraampjes tikken.'

'En tot de maan?'

'Ja, luister eens...'

'Eigenlijk had je niet dood moeten gaan.'

'Dat is zo.'

'Waarom ben je dan doodgegaan?'

'Ja, dat kwam zo uit... maar het spijt me wel!'

Opeens hoor ik een vreemde stem, een vrouwenstem, uit de luidspreker: 'Hallo! Wie is daar?'

'Jozef.'

'Wie is Jozef?'

'Wie moet u hebben?'

'U spreekt met de Bijenkorf. Afdeling inruilen. Wilt u iets inruilen? Een paar sokken, een radio?'

'Nee nee. Ik wil niets inruilen.'

'O.'

'Nou.'

'Dag.'

De vinger schiet weg, de hand, de hele arm. Ik lig in bed. Het is stil en donker.

Was dat een droom? Ja. De hele volgende dag zeg ik tegen mijzelf: dat was een droom, een droom, een droom. Maar ik heb hem niet aan mijn vader verteld.

Zou ik ook zo lang worden als mijn vader?
Wil ik ook zo lang worden als mijn vader?
Dat is de vraag.
Het is wel heel makkelijk om zo lang te zijn. Je kan overal bij, je kan over iedereen heen kijken, je kan door zolderramen naar binnen kijken. Maar het is ook wel lastig. Je stoot zo vaak je hoofd. Er moeten speciale bedden voor je zijn, en er moeten gaten in het plafond gemaakt worden zodat je af en toe rechtop kan staan. En het is zo ver van je hoofd naar je tenen... als je bijvoorbeeld iets op je tenen wilt bekijken. Ik denk dat mijn vader niet meer weet hoe zijn tenen eruitzien.

Of zou ik net zo lang worden als mijn moeder? Die is net zo lang als iedereen.

Moeilijk! Het is maar goed dat ik het niet voor het zeggen heb, hoewel... Ik denk dat mijn vader zo groot is omdat hij zo groot wil zijn. Of omdat hij mijn vader is.

Dat kan toch geen toeval zijn: én zo groot én mijn vader?

Het is een ingewikkelde zaak.

Als ik alles bij elkaar optel en er weer iets van

aftrek en er dan weer iets bij optel dan denk ik dat ik zo lang wil worden dat ik overal altijd bij kan, zonder op mijn tenen te staan, maar niet langer.

Dus tussen mijn vader en mijn moeder in.

Is dat saai? Ja, een beetje wel. Maar toch wil ik dat. Maar dan moet ik ook iets anders worden dat helemaal niet saai is. Iets bijzonders. Wat dat is weet ik nog niet. Maar dat gebeurt. Zodat ze tegen mijn vader zeggen: 'Bent u soms de vader van Jozef, die zo...' (Dat moet nog ingevuld worden.)

'Jazeker,' zal hij zeggen.

Ze zullen van verbazing hun handen in elkaar slaan. 'Dit is dus de vader van Jozef...' zullen ze tegen elkaar zeggen, 'kijk nou toch eens...' En ze zullen niet eens meer zien hoe groot hij is, de grootste man van de wereld.

Maar ik zal dat nog wel zien. Ik zal dat altijd, altijd blijven zien. Dat beloof ik.

Op een dag zaten we aan tafel, mijn vader, mijn moeder en ik.

We aten boterhammen.

Mijn moeder vroeg aan mijn vader: 'Wil jij nog een boterham?'

Mijn vader antwoordde niet.

'Hoor je me?' vroeg mijn moeder. 'Wil je nog een boterham?'

Maar mijn vader zei niets. Hij was in gedachten verzonken. Roerloos zat hij daar aan tafel.

En heel langzaam gleed hij van de stoel op de grond.

Hij lag daar heel stil, met open ogen.

Mijn moeder haalde een kruiwagen. We vouwden hem op, tilden hem daarin en reden hem naar de divan. Daar legden wij hem op.

Hij was nog steeds in gedachten verzonken.

Wat zou hij denken? dacht ik. Vast iets heel dieps.

Ik dacht dat je wel een steentje zou kunnen laten vallen in zijn gedachten en pas na een hele tijd een plons zou horen. Of dat je iets zou kunnen roepen in zijn gedachten: 'Ik ben het, Jozef!' en na een hele tijd zou je een echo horen: '...ozef ...ozef!'

We stonden bij hem. Mijn moeder legde een deken over hem heen.

'Waar zou hij aan denken?' vroeg ik.

'Aan ons,' zei mijn moeder.

Wat zou hij van ons denken? Dat zou ik wel eens willen weten. Want wat valt er van mijn moeder en mij te denken? Volgens mij niets. Ik denk eerder dat hij aan zichzelf dacht of aan de wereld. Maar ik vroeg verder niets.

Even later draaide hij zijn hoofd naar mij toe. Hij zuchtte diep en zei: 'Zo, Jozef... wat heb ík nagedacht.'

Ik denk wel eens dat mijn vader hele grote gedachten heeft omdat hij zo groot is. Maar zou een olifant grotere gedachten hebben dan een mier?

Gedachten zijn de vreemdste dingen die er zijn, dat weet ik zeker. Ze kunnen stilstaan, ze kunnen op hol slaan, ze kunnen geweldig springen en ze kunnen kronkelen. En je kunt zomaar opeens in ze verzinken. Alsof ze modder zijn.

En dat zijn ze ook, soms. En soms zijn ze kei-
hard. Of zijn ze van lucht.

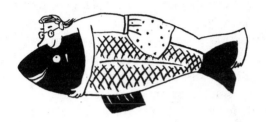

Twee slechte mensen hadden mij te pakken.
Het waren kidnappers. Ze dreven mij voor zich
uit.

'Hu,' zeiden ze. 'Hu. Vort.'

'Mijn vader is in de buurt,' zei ik. 'Hij is nooit
ver weg.'

Zij lachten schamper, die twee grote, dikke
kidnappers.

'Je vader,' zei de een, 'is dat soms dat dunne
mannetje, dat ventje van glas?'

'Mijn vader is heel lang,' zei ik.

'Lang?' zeiden ze. 'Aan lang heb je niets. Dik,
daar heb je wat aan. En zwaar. Hu! Vort!'

We kwamen bij zee. Ze wilden mij een schip
in drijven en dan wegvaren en voorgoed verdwijnen.

Maar op het laatste moment kwam mijn vader aanhollen, maakte het schip lek, rukte mij los en holde met mij de zee in.

Zij schreeuwden, tierden, holden achter ons aan. Maar mijn vader was veel langer dan zij en kon veel verder de zee in.

Zij schoten op ons. Maar wij waren zo ver weg dat de kogels ons niet bereikten en achter ons in het water plonsden. Misschien troffen zij daar wel een paar onschuldige vissen.

Wij stonden stil. Het water kwam tot de onderlip van mijn vader. Ik zat op zijn schouders.

Zij hielden op met schieten en riepen: 'Ha ha! Jullie moeten toch terugkomen! En wij hebben de tijd! Ha ha!'

Mijn vaders wangen waren blauw van het koude water. Wat moesten wij doen?

Toen ging mijn vader op zijn rug liggen. Ik

stond rechtop, midden op zijn buik. Ik trok mijn jas uit en liet de wind erin blazen. We zeilden weg.

De kidnappers gilden, maar hun gegil stierf langzaam weg.

De maan kwam op.

We voeren naar een veilige kust.

Mijn vader is heel lang en heel dun.

Dat is wel mooi, maar ook gevaarlijk.

Op een dag brak hij doormidden.

Mijn moeder had plotseling haar arm om zijn middel geslagen en wilde hem, op haar tenen, een zoen geven, toen hij brak.

'Ooooo!' gilde mijn moeder en sprong achteruit.

Ik zat nog aan tafel een boterham te eten. Met pindakaas, dat weet ik nog precies. Ik weet alles nog precies van die dag.

Mijn moeder huilde.

'Wat nu? Wat nu?' riep ze. 'Ik had je ook niet zo hard bij je middel moeten pakken!'

'Rustig maar,' zei mijn vader. Hij was dwars doormidden gebroken, ongeveer bij zijn navel. De onderste helft lag op het kleed, met opgetrokken knieën. De rechtervoet bleef op de vloer tikken. De bovenste helft lag voor het raam, met een arm onder zijn hoofd.

'Je moet de dokter bellen,' zei mijn vader.

Mijn moeder belde.

'O dokter,' huilde ze, 'mijn man is doormidden gebroken, kunt u vlug komen, ja, de vader van Jozef... o...'

Even later kwam de dokter.

'Zo zo,' zei hij. 'Dat is een behoorlijke breuk.'

'Ja,' zei mijn vader. 'Dat gebeurde zomaar.'

'Het kwam omdat...' zei mijn moeder.

'St,' zei mijn vader.

'Is het vaker gebeurd?' vroeg de dokter.

'Bijna nooit,' zei mijn vader. 'Ik breek zelden. En als ik breek, dan altijd in de lengte.'

'Zo zo,' zei de dokter. Hij krabde zich achter zijn oor en zuchtte.

'Kan je mij helpen, Jozef?' vroeg hij.

Natuurlijk kon ik hem helpen. Misschien kon ik ook wel zien hoe het moest. Dan kon ik de volgende keer mijn vader zelf weer maken.

De dokter naaide mijn vader weer aan elkaar.

Hij had een naald en dik, zwart garen.

'Au,' zei mijn vader bij elke steek.

'Doet het pijn?' vroeg de dokter dan.

'Ja,' zei mijn vader.

Toen hij klaar was stond mijn vader op.

'De vraag is,' zei de dokter, 'waarom u zo breekbaar bent.'

'Ja,' zei mijn vader, 'dat is de vraag.'

Maar ze spraken niet verder, want de dokter had haast en ging vlug weg.

Mijn moeder droogde haar tranen.

Heel voorzichtig legde ze haar arm weer om het middel van mijn vader en ging op haar tenen staan. Mijn vader boog zich ver voorover en kuste haar.

Hij brak niet.

Ik at mijn boterham met pindakaas op, en daarna nog een met hagelslag. Ik weet dat nog goed.

We gingen naar de dierentuin, mijn vader en ik.

'Nou,' zei de man achter de kassa tegen mijn vader, 'u bent zelf ook een bezienswaardigheid.'

'Ja,' zei mijn vader.

Mijn vader is zo lang als de langste giraffe. Daar gingen we het eerst heen.

Mijn vader ging vlak voor het hok staan.

'Hallo giraffen,' zei hij.

Ze kwamen op hem af en keken hem met grote ogen aan.

Wat een vreemde giraffe, dachten ze. Dat kon je zien. Geen vlekken, geen steeltjes, geen lange hals, geen hoeven – en toch een giraffe...

Maar mijn vader is helemaal geen giraffe.

Mijn vader is een mens. Een heel lang mens. En hij is vooral, bovenal, in de allereerste plaats: mijn vader.

We zagen veel dieren. Ik vertel daar verder niets over, want iedereen kent ze.

Maar toen we al bijna weer naar huis wilden gaan, hoorden we een enorm geschreeuw. Mensen holden naar alle kanten. 'Een olifant!' riepen ze. 'Een olifant!'

Een grote grijze olifant holde op ons af. Ik stond achter mijn vader, midden op een pad. Alle bezoekers waren verdwenen in de struiken of vlug een boom in geklommen.

Mijn vader bleef doodstil staan. De olifant holde, trompetterde, zwaaide met zijn oren en leek tegen mijn vader aan te zullen botsen. Maar vlak voor mijn vader zette hij zijn poten schrap, remde en stond stil.

Zijn ogen waren vlakbij de ogen van mijn vader. Ik keek van achter de knie van mijn vader omhoog.

'Zo olifant,' zei mijn vader, 'wat heb je opeens een haast.'

De olifant zei natuurlijk niets terug. Ik zou wel iets kunnen verzinnen, maar dat doe ik niet.

'Ben je soms op weg naar Afrika? Wou je naar huis?' vroeg mijn vader. 'Nou, dat zou ik me kunnen voorstellen... door het hoge gras

stappen... uit rivieren drinken... schors van de bomen scheuren... met z'n tienen of twintigen tegelijk liggen slapen...'

Ik vond het opeens ook heel treurig dat de olifant altijd in een hok zat.

En toen zei mijn vader – en ik zal altijd, altijd van mijn vader houden, na die dag: 'Kom maar mee.'

En hij nam de olifant bij zijn slurf en liep zó de dierentuin uit. Niemand durfde tevoorschijn te komen. De man bij de kassa, die mijn vader een bezienswaardigheid had genoemd, zat in een laatje tussen zijn guldens en rijksdaalders te beven – er was niets van hem te zien, maar ik hoorde het wel rinkelen.

Ik liep achter de olifant, hield hem bij zijn staart.

Zo liepen we de dierentuin uit, over straat. Mensen stoven uiteen, auto's reden zijstraten in of trottoirs op. We hadden de weg voor onszelf.

We liepen naar een vliegveld. Daar stapten we in een klein vliegtuigje. De olifant stond in een soort ruim. Ik zat in de ene stoel, mijn vader in de andere, achter de stuurknuppel. We stegen op en vlogen regelrecht naar Afrika.

We landden ergens in het hoge gras. Het was heel warm. Mijn vader deed de deur van het vliegtuig open.

'Zo, olifant,' zei hij. 'We zijn er.'

Er waren daar struiken en platte bomen met doornen, en er stroomde een rivier.

De olifant stapte uit het vliegtuig, knipperde met zijn ogen en stond even stil.

Toen nam hij een hap gras, en even later een hap schors. Hij trompetterde. En uit de verte werd er teruggetrompetterd. Hij gooide zijn oren en zijn slurf omhoog en holde weg, zonder ook maar één keer om te kijken.

Wij vlogen terug naar huis.

Het vliegtuig rook naar olifant, en mijn handen ook. Ook toen we thuis waren nog. Dagenlang. Een hele speciale lucht. Olifantenlucht. Telkens snoof ik die weer op.

Mijn vader sliep.

Ik wandelde over hem heen. Op zijn kin ging ik zitten. Even uitrusten, dacht ik.

Ik keek om mij heen. Ik zag over zijn lippen heen zijn neus en zijn baardstoppels en zijn oren.

Als ik me ver uitrekte kon ik net bij zijn ogen komen, die dicht waren.

Ik kroop naar zijn voorhoofd.

Ik gleed uit en hing over een wenkbrauw. Ik kon me nog net aan zijn wimpers vasthouden. Anders was ik onherroepelijk langs zijn wang naar beneden gevallen.

Zijn ooglid ging open. Dat was niet mijn bedoeling, maar het kwam wel omdat ik aan die wimpers trok.

Ik keek in zijn slapende oog.

Het was een groen oog. In het midden was het zwart. Maar toen ik iets langer keek zag ik opeens iets bewegen, heel ver weg, in de diepte.

Er liep een paard. Een paard?? dacht ik. Hoe kan er nou een paard in zijn oog lopen?

Het paard liep stapvoets, en op zijn rug zat mijn vader. Mijn vader reed op een paard in zijn eigen oog.

Toen begreep ik het opeens. Dat waren zijn gedachten! Of eigenlijk, omdat hij sliep, zijn dromen.

Ik kon dus zien wat hij droomde.

Ik hield zijn ooglid omhoog en keek.

Hij reed op een paard door een vlakte. Hij kwam bij een huis, met allemaal bloemen eromheen, en een grindpad. Hij bond het paard aan een hek vast en belde aan.

De deur vloog open en mijn moeder viel naar buiten, en over haar heen vielen tafels, stoelen, borden, kopjes, messen, vorken.

Het was een stille droom, ik hoorde niets.

Mijn vader groef door alles heen en trok mijn moeder tevoorschijn. Zij huilde en klemde zich aan hem vast.

Zij liepen naar het paard. Mijn vader maakte het los en stapte erop. Hij zette mijn moeder voor zich. Ze stonden stil voor het huis. Er bloeiden bloemen in twee perken naast de deur. Rode, gele, blauwe en paarse bloemen.

De zon scheen. Mijn vader hield zijn hand voor zijn oog en keek naar het huis. Voor de deur lagen de stapels stoelen, kastjes, borden.

En plotseling zag ik mijzelf. Ik stond voor een raam, boven, in mijn pyjama. Ik sprong op en neer, ik zwaaide, probeerde het raam open te trekken, maar dat lukte niet. Ik keek heel verdrietig.

Mijn vader schudde aan mijn moeder. Zij keek ook om. Ze zwaaide naar mij. Ik danste nog harder. Ik wilde eruit, ik wilde ook mee! Dat was duidelijk.

Toen reden ze weg.

Mijn vader slaakte een diepe zucht en draaide zich op zijn zij. Ik liet zijn wimpers los en viel. Ik kon me nog net aan zijn neus vasthouden. Ik klom op zijn wang. Het was daar ruw, door alle baardstoppels. Ik ging zitten.

Droomde mijn vader dat? Of wist hij dat? Dat hij weg zou rijden? Zonder mij? Maar we woonden niet in zo'n huis, en zulke bloemen hadden we ook niet.

Ik vond het een verschrikkelijke droom. Ik wou dat ik hem niet had meegemaakt.

Even later liep ik over de hals van mijn vader weer naar beneden en stapte van hem af.

Hij sliep nog steeds.

Er gleed een traan uit zijn oog langs zijn wang. Precies langs de plek waar ik gestaan had.

Hij vond het dus ook een verschrikkelijke droom.

Waarom bestaan er zulke dromen? Wie gaat er over dromen? Mijn vader dus niet.

Ik sprong op de grond.

Mijn vader lag in een heel lang bed, met heel lange dekens. Mijn moeder lag naast hem, in een gewoon bed.

Ik kroop onder haar deken.

Ze sloeg haar arm om mij heen.

'Jozef,' zei ze zacht, in haar slaap.

Mijn vader gaat 's ochtends in zijn gewone kleren de deur uit. Hij geeft mijn moeder een zoen en zegt 'Dag Jozef' tegen mij.

Maar om de hoek van de straat trekt hij zijn leeuwenhuid aan, zet zijn manen op en begint te brullen en te sluipen. En alle andere mensen die naar hun werk gaan deinzen achteruit.

Zij kennen hem. Zij zien hem elke dag. Zij vrezen hem.

Als er een kudde slechte mensen is dan rent hij erop af en grijpt één slecht mens en verslindt hem.

Slechte mensen vertonen zich liever niet in

zijn buurt. Maar hij weet ze altijd te vinden.

's Avonds, als hij naar huis terugkomt, doet hij zijn leeuwenhuid weer uit en komt in zijn gewone kleren het huis in.

Hij zegt 'Dag Jozef' en geeft mijn moeder een zoen.

'Een drukke dag,' zegt hij. Mijn moeder knikt.

Maar soms heeft hij het zó druk gehad dat hij vergeet zijn gewone kleren weer aan te doen. Dan komt hij als leeuw thuis, sluipt de kamer in, brult.

Er zit nog bloed op zijn bek. Hij ziet onze verschrikte ogen.

'O pardon,' brult hij, schiet een kast in en komt even later weer tevoorschijn.

'Het was vandaag nóg drukker dan het altijd al is,' zegt hij. Mijn moeder schudt haar hoofd. Dan gaan we eten.

Mijn vader tilde mij op, boven zijn hoofd.

'Nu ben je groter dan ik,' zei hij. 'Let maar op: nu kan je alles.'

Hij zette mij op de schoorsteenmantel, tussen de klok en een vaas met tulpen.

Ik zat toevallig naast een vlieg die zijn gezicht stond te wassen.

'Dag vlieg,' zei ik maar.

'Dag Jozef,' zoemde de vlieg.

Zo zo, dacht ik, die vlieg kent mij dus... Nou ja, dat kon. Misschien wel omdat ik groter was dan mijn vader. En mijn vader kende iedereen, elke mug, elke koe, elke spreeuw.

Ik zat dus op de schoorsteenmantel en kon alles.

Weet je wat, dacht ik...

'Deur, ga open,' zei ik.

De deur ging open. Het klopte. Ik kon alles.

'Laat een taart binnenrijden,' zei ik.

Op vier wielen reed een grote witte taart naar binnen, getrokken door twee trappelende, steigerende marsepeinen paarden.

'Zo, Jozef, dat ziet er heerlijk uit,' zei de vlieg naast mij.

'Je mag ook wel wat,' zei ik.

'Dank je wel,' zei de vlieg. 'En mijn familie ook?'

'Ja hoor,' zei ik.

'Horen jullie dat?' riep de vlieg. Er klonk een bevestigend gezoem. En meteen vlogen er tien vliegen op de taart af.

Maar ik was ze voor. Ik dook van de schoorsteenmantel bovenop de taart, met mijn handen naar voren. Ik verdween in de room en dook weer op, likte mijn handen af.

Het was een heerlijke taart. Dat kon ook niet anders.

Ik klom op de mokka bok, pakte de teugels van chocola en riep: 'Vort!'

De marsepeinen paarden galoppeerden weg.

Zo reden wij door de kamer. Om de tafel en de stoelen heen.

Op een van de stoelen zat mijn vader. Ik zwaaide naar hem. En hij zwaaide terug.

Terwijl ik reed nam ik af en toe een stukje van de wagen achter mij en at het op.

Zo zou ik heel lang kunnen rijden, dacht ik.

'Wij ook,' zeiden de vliegen, die mijn gedachten zeker konden lezen en hoog op de taart zaten.

Maar plotseling zei mijn vader: 'Nu ben ik

weer groter dan jij,' en tilde mij op en zette mij op de grond.

De taart was weg. Zeker de deur uit gereden. De vlieg zat op de schoorsteenmantel en waste zijn gezicht. Zijn familie zat tevreden in een hoek bij het plafond.

Mijn vader was heel rijk. Ik weet niet precies hoe het zat. Hij was heel rijk en een soort vrek, maar wel een goed soort vrek. Hij spaarde heel veel geld op en opeens gaf hij alles weg, in één keer, aan een arme man.

'Wat doe je nou?' vroeg mijn moeder.

'Ja...' zei mijn vader. 'Dat weet ik niet.'

Die arme man begon te dansen, riep 'Hoi! Hoi!' en holde weg.

Toen waren wij arm.

We hadden geen echte kleren meer, maar vodden.

We hadden geen verwarming meer en zaten de hele dag te rillen.

We hadden niets meer te eten en schraapten met lepels over de bodem van pannen waar lang geleden eten in had gezeten.

Mijn moeder huilde.

'Maar we zijn wel gelukkig nu,' zei mijn vader.

'Dat is waar,' zei mijn moeder en droogde haar tranen.

We gingen bedelen. We gingen in vuilnishopen naar etensresten zoeken. We werden heel mager. (Maar mijn vader werd niet kleiner.)

's Avonds gingen we buiten in het donker onder ramen staan, waaruit muziek klonk – dan dansten mijn vader en mijn moeder, en ik ging op een stoep zitten. We zijn dus gelukkig, dacht ik.

Als we op straat een dubbeltje vonden dan juichten we en stopten het thuis in een doosje.

Heel langzaam werden we weer rijk. En eerst aten we weer brood, toen macaroni, en toen weer taart. Op het laatst aten we drie keer per dag taart.

En op een dag, niet lang daarna, gaf mijn vader alles weer weg aan een arme vrouw die te-

gen een muurtje zat te snikken, in de brandne-
tels, in de regen.

Toen begonnen we opnieuw.

Mijn vader kan alles. Maar ja, dat zegt niet
zoveel. Dat kan iedereen wel zeggen.

Nee, mijn vader kan echt alles. Hij kan stor-
men laten liggen, hoe zeg je dat, laten uitwoe-
den, zodat ze opeens niet meer waaien. Hij kan
regen opdrogen, hoog in de lucht, voordat hij
valt. Hij kan vulkanen doven en aardbevingen
niet laten plaatsvinden. En hij kan branden
blussen.

Er was een grote brand.

Het was heel koud en het was 's avonds laat.

Mijn vader en ik stonden tussen de mensen.

Een fabriek brandde af, en een straat. Overal sprongen mensen uit ramen, en droegen andere mensen tafels en stoelen naar buiten.

De brandweer rolde slangen uit, stak ladders hoog in de lucht en spoot met wel honderd stralen.

Maar het vuur ging steeds harder branden.

Er kwam soms een regen van vonken neer en de politie zei dat we achteruit moesten.

'Zo gaat het niet,' zei mijn vader.

Het vuur sloeg een hoek om en begon aan een nieuwe straat. 'Blijf hier staan,' zei mijn vader tegen mij. Hij stapte naar voren, liep tussen twee politieagenten door en ging recht op de brand af.

'Mijn vader!' riep ik nog. Hij keek even om. Hij zwaaide.

'Blijf daar staan!' riep hij.

'Ja!' riep ik.

Toen begon hij het vuur uit te trappen. Mijn vader heeft enorme voeten.

De brandweer keek heel verbaasd en hield op met spuiten. Iedereen stapte achteruit.

Het was net alsof het vuur bang was voor mijn vader. Alsof hij riep: 'Vuur! Ga uit!'

Hij trapte links en rechts en links en rechts. Het vuur deinsde terug.

En tenslotte was het uit.

Iedereen klapte.

Mijn vader kwam terug bij mij. Zijn voeten waren helemaal verschroeid en zijn broekspijpen ook.

De brandweer kwam om hem heen staan.

'Komt u ook bij ons?' vroegen zij.

'Nee hoor,' zei mijn vader. 'Maar als jullie weer eens iets niet kunnen blussen dan roep je me maar.'

'Dat is goed,' zei de brandweer.

Toen liepen we naar huis.

Mijn vader kan ook overstromingen tegenhouden. En oorlogen, daar draait hij zijn hand niet voor om.

'Hou op! Hou nu meteen op!' roept hij en dan is het vrede.

Het nadeel van mijn vader is dat hij elke dag ouder wordt. Dat zegt hij zelf: 'Dat is een groot nadeel, Jozef.'

Hij zegt dat hij binnenkort gaat krimpen. 'Let maar op.'

'Hoe ver ga je krimpen?' vroeg ik hem.

'Zo ver,' zei hij. Hij wees iets aan, tussen zijn duim en zijn wijsvinger.

'Zo ver??' vroeg ik.

'Dat is niet erg,' zei hij. 'Dat is normaal.'

'Normaal?' vroeg ik.

Als hij zo klein werd, zou hij in een lucifersdoosje passen. Dan was hij mijn vadertje. Mijn oude vadertje. Dan deed ik dat lucifersdoosje open en dan zat hij daar, gebogen, op een krukje, met spierwit haar, en zei hij, met bevende stem: 'Da-ag Jo-ozef.'

'Ja, normaal,' zei hij.

Hij vindt het dus normaal, niet erg en een groot nadeel. Op een keer zei hij zelfs dat krimpen heerlijk is. 'Zo helemaal krom en klein en verkreukt worden en niets meer kunnen... dat moet heerlijk zijn...'

Hij is dan zeker blij dat ik niet meer op hem kan klimmen, op zijn schouders kan stappen en in zijn oor kan roepen: 'Hè, hè, ik ben er.'

'Niet zo schreeuwen,' hoeft hij dan niet meer te zeggen.

Maar als je zo klein bent dat je in een lucifersdoosje past, dan word je op een dag gewoon vergeten. Of kunnen ze je niet meer vinden. 'Hè, waar heb ik dat lucifersdoosje ook maar weer gelaten... hier?... nee, hier niet... en hier ook niet... nou ja, laat ook maar...'

78

Dan sta je ergens achter een vaas op een kast of ben je op de grond gevallen. En in dat doosje kan je piepen wat je wilt, maar ze horen je niet meer.

Normaal noemt mijn vader dat. Niet erg. En een groot nadeel. Dat is het zeker. Een heel groot nadeel.

Het beste zou zijn als je steeds groter werd, hoe ouder hoe groter.

Krimpen is verschrikkelijk. Dat zal ik hem eens vertellen.

Mijn vader kan koorddansen. Hij is over de diepste ravijnen heen gelopen, en tussen de hoogste wolkenkrabbers.

Hij nam mij mee naar een plein. Er was een

touw gespannen, over dat plein heen.

Het zag zwart van de mensen.

Ik stond beneden. 'Tot straks,' zei hij.

Hij ging een gebouw in en even later verscheen hij voor een raam, stapte op het touw en begon langzaam te lopen.

'Ooooo...' zeiden de mensen.

'Wie is dat?' vroegen ze.

'Mijn vader,' zei ik.

'Jouw vader?' vroegen ze verbaasd.

'Ja!' riep mijn vader van boven. 'Zijn vader. Dat ben ik.'

Iedereen klapte.

Toen tilde iemand mij hoog op. Mijn vader ging aan zijn tenen aan het koord hangen en pakte mij beet.

Even later zat ik op zijn schouders en liep hij verder. 'Wel stilzitten,' zei hij zachtjes.

'Ja natuurlijk,' zei ik. Ik zat heel stil. Alle mensen waren kleine zwarte en witte en roze bolletjes, beneden me. Boven ons hoofd vlogen meeuwen.

'Gaat het goed?' vroeg mijn vader.

'Ja,' zei ik.

'Ben je bang?'

'Nee.'

Waar zou ik bang voor moeten zijn? Dat we zouden vallen? Dat kon toch niet? Mijn vader was toch nog nooit gevallen? Mijn vader liep over dunne zijden touwtjes tussen de toppen van de hoogste bergen.

'Vallen? Nee, daar heb ik nog nooit van gehoord. Wat is dat?' zou hij zeggen als ze hem zouden waarschuwen.

Aan de andere kant stapten we van het touw af.

We werden toegejuicht.

We bogen.

Ze hebben mijn vader meegenomen. Middenin de nacht, toen ik sliep. Mijn moeder vertelde het me.

'Wie?' vroeg ik.

Ze haalde haar schouders op. 'Er is niets aan te doen,' zei ze.

'Niets aan te doen??'

'Nee.'

'Er is alles aan te doen!' zei ik en sloeg met mijn vuist op de tafel.

Mijn moeder zei niets. Maar ik ging naar de politie.

De politie had nooit van mijn vader gehoord. 'Je vader? Daar weten we niets van,' zeiden ze.

'Kunt u hem zoeken?' vroeg ik.

Ze haalden hun schouders op.

'We zoeken geen vaders meer,' zeiden ze. 'Daar is geen beginnen aan.'

Toen schreef ik het in de krant, met grote letters, met zijn naam eronder: WAAR IS MIJN VADER?

Ik kwam op de tv.

'Zo... en... Jozef, jouw vader is dus zomaar opeens verdwenen...'

'Ja.'

'Hoe ziet hij eruit?'

'Heel lang.'

'Hoe lang?'

Ik klom op een ladder om het aan te wijzen. Iedereen kon het zien.

'Hoe zien zijn oren eruit, en zijn neus? En waar houdt hij van? Van slagroomtaart? Van spinazie? Is hij wel eens verkouden? Hoe snuit hij zijn neus dan? Eerst het linker neusgat? Of allebei tegelijk? En met wat voor een zakdoek?'

Ze vroegen me alles. Tot in de kleinste bijzonderheden. Maar het hielp niet.

Ik dacht dat misdadigers hem ergens martelden. In een schuurtje. Ze hingen hem ondersteboven op en sloegen hem. Ze stookten vuurtjes onder zijn hoofd.

Ik huilde heel veel. Maar dat zag mijn moeder niet. Ze was de hele dag bezig bedden op te maken en af te wassen.

Op een avond kwam hij terug.

Hij kwam regelrecht naar mij toe en ging op de rand van mijn bed zitten.

Hij vertelde niet waar hij was geweest en wat ze hem hadden gedaan. Ze hadden hem dus gemarteld. Want dan durf je het nooit te vertellen.

'Ik wist het wel,' zei ik.

Hij streelde mijn haar.

Ik zei: 'Ik vind het leven niet leuk.'

'Ik ook niet,' zei hij. 'Maar ik ga het wel verbeteren.' Verbeteren, dat zei hij echt.

'Hoe?' vroeg ik.

Maar hij sloop op zijn tenen de kamer uit.

'Welterusten,' zei hij.

Welterusten, welterusten... wat heb ik daaraan, na alles wat er is gebeurd?

Mijn vader wil graag dat ik vlug groot ben. Soms staat hij aan me te sjorren. 'Schiet op!' Hij rekt mij helemaal uit.

Maar als hij me loslaat schrompel ik weer in elkaar.

'Zo gaat dat niet!' roep ik tegen hem. Ik kan er ook niets aan doen!

Op een keer was ik net zo lang als hij en schrompelde ik niet meteen weer in elkaar. Ik voelde me net een elastiek. Heel strak. Ik dacht dat ik zó kon terugschieten, en dan alle kanten zou uit vliegen.

Maar het was wel heel bijzonder. Ik stak ook boven iedereen uit, liep naast mijn vader door de stad, kon overal naar binnen kijken.

Als er twee vogels in een boom ruzie aan het maken waren dan tilden we ze op en zeiden: 'Niet doen' en zetten ze elk in een andere boom.

En als iemand ons niet beviel dan hielden wij hem boven ons hoofd, lieten hem spartelen en krijsen, en zetten hem weer neer.

Maar midden op de markt kon ik niet meer en schrompelde in elkaar. Ik was zelfs kleiner dan tevoren. Mijn vader had niets in de gaten en liep door. Ik moest hollen om hem bij te houden.

Een jongen die ik vlak daarvoor nog boven mijn hoofd had getild zag mij.

'Hé, Jozef,' zei hij, 'blijf jij eens even staan... wacht jij eens even...' Hij holde mij achterna.

We gingen hoeken om, stegen door, pleinen over, langs donkere kades. Eerst mijn vader, die niets in de gaten had, hoe ik ook riep, dan ik en dan die jongen.

'Ik krijg je wel,' riep hij.

Maar hij haalde mij niet in. Ik sloeg de deur van ons huis net voor zijn neus dicht.

'Wacht maar,' riep hij.

In bed lag ik nog te rillen en dacht ik over mijn vader na. Wat moet ik eigenlijk van hem denken? Waarom hoorde hij mij niet? Waarom zag hij niet dat ik opeens weer klein was en gevaar liep? Daar is hij toch voor?

Ik zal het hem eens vragen.

'...eh... wat moet ik van je denken?'

'Nou... eh...' hoor ik hem al zeggen, een beetje krakend, 'psrbromslgrrkrrrgnrdromdlarkukstr.'

Daar schiet ik niets mee op.

Eígenlijk denk ik dat hij haast heeft. Maar waarom? Of dat hij geen geduld heeft. Ik word heus wel zo lang als hij, en nog veel langer. Maar niet meteen.

We zaten in de kamer, mijn vader, mijn moeder en ik, en plotseling zakte mijn vader door de vloer.

Alleen zijn gezicht bleef nog boven de vloer.

Mijn moeder had niets in de gaten.

Toen was zijn gezicht ook weg.

'Waar ben je?' riep ik. Ik ging op mijn knieën zitten en keek in het gat in de grond.

Zijn hoofd kwam weer tevoorschijn.

'Ja?' vroeg hij.

'Wat doe je nou?' vroeg ik.

'Door de grond zakken.'

'Waarom?'

Mijn vader schudde zijn hoofd en keek heel verdrietig.

'Ach, misschien wil ik dat wel,' zei hij.

Het was naast de tafel, onder het raam.

Het was schemerig buiten.

Mijn moeder zat aan tafel de krant te lezen. Ze had nog steeds niets in de gaten.

Ik begreep er niets van.

En toch gebeurde het!

Het hoofd van mijn vader zakte weer de diepte in. 'Dag,' zei hij.

'Waar ga je heen?' vroeg ik. 'Is daar een bodem?'

Maar hij kon mij niet meer horen, denk ik.

Ik hoorde iemand buiten roepen. Ik keek even – één tel maar – naar het raam.

Toen ik terugkeek was mijn vader weer heel lang en gewoon en zat hij aan tafel te lezen. En het gat in de vloer was weg. Anders had ik me daarin laten zakken om te zien waar je dan terechtkomt.

Op een dag was mijn vader weg. Zomaar, ineens.

'Waar is hij?' vroeg ik aan mijn moeder.

'Weg,' zei zij. 'Maar ze hebben hem niet mee-genomen.' Meer zei ze niet. Ze had veel te doen.

Ik kwam hem een tijd later tegen, op straat. Hij wandelde met zijn hoofd in de zon. Beneden op straat was het bewolkt en regende het een beetje.

Hij zag mij niet.

'Eindelijk!' riep ik. 'Daar ben je!' Ik trok hem aan zijn been.

Hij keek naar mij, maar hij herkende mij niet.

'Pardon. Met wie heb ik de eer?' vroeg hij.

Ik trapte hem tegen zijn been, sloeg met mijn vuisten op zijn knieën.

'Ik ben het. Jozef!' riep ik. 'Jozef!'

'Jozef...' zei hij peinzend, zijn vinger onder zijn kin. Hij keek schuin omhoog. 'Jozef... nee... dat spijt me... ik vrees dat ik u niet van dienst kan zijn...'

Hij zei u tegen mij en praatte heel deftig.

'Je bent mijn vader!' riep ik.

'Uw vader?' zei hij. Hij dacht even na en zei toen: 'Nee, ik vrees dat u zich deerlijk vergist.'

Hij snoot zijn neus in een klein, deftig zak-doekje.

'Neemt u mij niet kwalijk,' zei hij, en 'staat u mij toe dat ik nu weer verder loop,' en 'geachte jongen, u bezeert mij nog.'

Ik beet in zijn kuit.

'O, u bijt mij,' zei hij. 'Au.'

Er rolden een paar tranen langs zijn wangen omlaag, ze vielen op mijn hoofd.

'Wat heb ik u misdaan?' vroeg hij.

Dat wist ik niet.

Ik bleef staan. Hij liep verder. Hij hinkte. Een eind verder ging hij op een stoep zitten, stroopte zijn broekspijp op en keek naar zijn been, waar ik hem gebeten had. Hij schudde zijn hoofd.

Toen ik thuiskwam zei ik tegen mijn moeder: 'Ik heb hem gezien.'

'Wie?'

'Mijn vader.'

Ze zweeg. Ze was iets aan het poetsen.

'Ik heb hem heel hard in zijn been gebeten,' zei ik.

Ze zei niets.

Wat moest ik verder doen?

Ik wist het niet.

Mijn vader gaat niet dood. Nooit.

Hij heeft dat besloten.

Mijn vader kan alles besluiten wat hij maar wil.

Als mijn vader bijna dood zou gaan, zou hij opstaan en met zijn armen zwaaien en roepen: 'Geen sprake van!' of 'Verboden toegang!' zoals bij een wegversperring.

Ik weet niet wat dood zijn is... nou ja, ik weet het natuurlijk wel. Een dode vlieg is een ding, net als een steentje. En een levende vlieg is geen ding.

Of zou dat bij mensen anders zijn? Hoe iemand doodgaat, wat er dan precies gebeurt, weet ik niet.

Misschien is de dood wel een onzichtbaar iemand.

Maar als hij iemand is – onzichtbaar of niet – en hij zou bij mijn vader komen, dan zou mijn

vader hem optillen en over zijn schouder leggen,
als een zak cement. Al weegt hij duizend kilo. En
dan zou hij hem over een muurtje gooien, ach-
terin onze tuin. Dan zou hij tussen twee kapotte
stoelen en een verroeste fiets terechtkomen.

En als de dood voor mij zou komen, dan zou
mijn vader net zo doen.

'Komt u voor Jozef?'

'Ja.'

'Geen sprake van.'

'Hoho, wacht even...'

'Nee, niks wacht even...' en de dood lag al over zijn rug, vloog al over dat muurtje.

Of hij het voor andere mensen ook zou doen, dat weet ik niet. Voor mijn moeder wel. Wij gaan dus niet dood. Dat kan niet.

Als ze mij vragen: wat is jouw vader?, dan zeg ik: mijn vader is een held.

Een held?? vragen ze. Wat voor held? Ze denken natuurlijk aan ridders in harnassen en scherpschutters en mensenredders. Misschien is mijn vader dat ook allemaal wel.

Maar een held is eigenlijk alleen maar iemand die heldhaftig is en heldendaden verricht. En mijn vader is heldhaftig en verricht heldendaden.

Hij maakt ook heldhaftigheid en heldendaden.

Ik vertel dat verder niet, want ze vinden dat
raar. Hoe kan je nou heldendaden maken? En
heldhaftigheid? Dat kan toch niet...

Mijn vader kan dat.

Hij heeft er een winkel voor, met een bel en
een toonbank en een weegschaal en een etalage
met allerlei soorten heldendaden. Maar in een
andere buurt van de stad.

Ik ga wel eens met hem mee.

'Goedemorgen,' zegt een klant.

'Goedemorgen,' zegt mijn vader, 'waar kan ik
u mee van dienst zijn?'

'Graag twee heldendaden en een kilo heldhaftigheid.'

'Alstublieft.'

'Zijn ze vers?'

'Heel vers. Ik heb ze vanochtend zelf gemaakt.'

Hij weegt ze en pakt ze in.

Hij is heel goedkoop. Als de mensen geen
geld hebben, krijgen ze die heldendaden voor
niets.

'Zo, hier is het dan.'

'Dank u wel. En is dat uw zoon?'

'Ja. Dat is mijn zoon. Jozef.'

'Gaat hij later ook heldendaden maken?'

'O vast en zeker, meneer. Hij gaat schitterende

heldendaden maken en de mooiste heldhaftigheid. Die gaat hij over de hele wereld verkopen.'

'Zo zo.'

'Ja.'

De klant neemt het pakje met heldendaden en heldhaftigheid onder zijn arm en stapt de winkel uit.

Mijn vader en ik kijken door het raam.

Buiten maakt de klant het pakje open en even later buldert hij: 'Aha!' en zwaait met zijn armen om zich heen.

Alle vogels vliegen weg. Honden beginnen te janken en sluipen weg. Mensen gluren tussen gordijnen door.

'Nu kan hij de hele wereld aan,' zegt mijn vader.

Mijn vader is heel groot. Maar hij kan ook heel klein zijn, zó klein dat ik hem kan opvouwen en in een koffertje kan stoppen en met hem op stap kan gaan.

'Zit je goed?' roep ik.

'Ja,' roept hij. Maar het klinkt heel zacht, gesmoord.

'Heb je het niet benauwd?'

'Nee hoor. Loop maar door. Je moet alleen niet zoveel praten.'

'O.'

Zo lopen wij zwijgend verder.

De zon schijnt en ik fluit een liedje.

Als het liedje uit is zegt mijn vader: 'Mooi liedje.'

'Ja? Vind je dat?'

'Ja.'

'Zal ik er nog een fluiten?'

'Dat is goed.'

Zo loop ik de hele ochtend fluitend verder. Maar plotseling houdt iemand mij tegen.

'Douane,' zegt hij. Zo zo, denk ik, ik ben dus helemaal naar het buitenland gelopen.

'Wat zit er in dat koffertje?' vraagt hij.

'Mijn vader.'

'Houd me niet voor de gek,' zegt de douane. 'Wat zit er in dat koffertje?'

'Ik hou u niet voor de gek. Mijn vader.'

'Ik waarschuw je.'

Hij loopt rood aan en pakt mij bij mijn hals. Hij tilt me op en schudt me door elkaar. Ik stik bijna.

'Maak open!' brult hij.

Ik maak met trillende vingers het koffertje

open en mijn vader stapt eruit.

De douane deinst achteruit.

'Dit is mijn zoon Jozef, ' zegt mijn vader, 'die u niet voor de gek hield.'

De douane holt weg.

'Kom,' zegt mijn vader, 'laten we verder gaan, Jozef.' Hij stapt weer in het koffertje.

'Zal ik nog een paar liedjes fluiten?' vraag ik.

'Dat is goed,' zegt hij, vanuit het koffertje.

Zo lopen we het buitenland in. Het is mooi weer. Ik fluit het ene liedje na het andere.

Mijn vader en ik gingen naar het circus.

Hij droeg een zwart pak met een vuurrode das, en ik had een blauwe trui aan.

We zaten vooraan en konden alles van heel dichtbij zien.

Het zaagsel dat de paarden omhoog schopten, dwarrelde op ons neer, en de muziek tetterde in onze oren.

Wij zaten recht tegenover een leeuw die op een trapje zat. We konden precies in zijn bek kijken. Mijn vader wees mij zijn amandelen aan. Die waren er dus niet uit. Die gaan er natuurlijk nooit uit bij leeuwen.

De leeuw brulde en sprong door een hoepel.

Even later hingen er mannen en vrouwen aan trapezes. Ze vlogen door de lucht.

Toen kwam er een man in een glimmend pak, met een hoge hoed op zijn hoofd.

'Dames en heren,' zei hij. 'Wat u nu gaat zien heeft nog nooit iemand gezien... Alexander Rosjnasjnosjki gaat met één vinger op de wereld staan... de enige man ter wereld die dat kan. . . tevergeefs hebben zij het geprobeerd, de grote artiesten van weleer... jammerlijk hebben zij gefaald... applaus voor... Alexander... Rosjnasjnosjki!'

Een lange, magere man verscheen, in een strak geel pak. Hij boog. Een vrouw gaf hem een wereldbol.

Hij zette een stoel op een tafel, en op die stoel een andere stoel, en op de leuning van die stoel zette hij de wereldbol.

Langzaam klom hij naar boven en ging met één hand op de wereldbol staan, en toen met één vinger, zijn wijsvinger. De wereldbol draaide langzaam rond.

Iedereen klapte. Maar mijn vader riep: 'Maar u bent niet de enige op de wereld die dat kan!'

De man in het gele pak sprong naar beneden en de andere man in zijn glimmende pak en met zijn hoge hoed stapte naar voren. 'Wie riep dat?' zei hij.

'Ik,' zei mijn vader.

'Wie kan dat nog meer?'

'Ik,' zei mijn vader opnieuw.

'Wie bent u?' vroeg de man.

'De vader van Jozef,' zei mijn vader. Hij wees naar mij.

'Zo zo,' zei de man. Hij keek heel streng. 'Nou, laat u dat dan maar eens zien. Maar wee uw gebeente als u het niet kan.' Hij knipte met zijn vingers en achter een gordijn begon een leeuw hongerig te brullen.

'Dat is goed,' zei mijn vader.

Hij klom over de balustrade en sprong in de ring. Hij zette een stoel op de tafel, klom zelf op de tafel en zette de tweede stoel op de eerste stoel.

'Nog een stoel,' zei hij.

Het was doodstil geworden. Iedereen hield zijn adem in. Alle acrobaten en clowns en jongleurs en leeuwentemmers en muzikanten en staljongens waren tevoorschijn gekomen. Mijn vader kreeg nog een stoel en klom tot op de leuning van de tweede stoel.

'En nog een stoel!' riep hij. 'Drie stoelen is niets!'

Ze gooiden nog een stoel omhoog naar hem. Hij zette hem op de andere stoelen en klom er-

bovenop. Hij kwam bijna tot de nok van het circus.

'De wereld,' zei hij. 'Nu wil ik de wereld.'

Ze gooiden de wereldbol omhoog. Mijn vader
ving hem op, zette hem op de leuning van de
bovenste stoel en ging heel langzaam met één
hand op de wereldbol staan.

Iedereen hield zijn adem in.

Toen ging hij op zijn pink staan, bovenop de
wereldbol, en liet de wereld draaien. Ik zag
Afrika en Amerika steeds sneller komen en
weer gaan.

Iedereen zuchtte en zei 'O' en klapte.

Mijn vader keek naar mij.

'Sta ik recht?' riep hij.

'Ja,' riep ik en zwaaide naar hem.

'U hebt wel een heel bijzondere vader, jonge-
tje,' zei een meneer naast me. 'Dat is zeker wel
leuk, he?'

'Ja,' zei ik. Maar ik had geen zin om verder te
praten.

Steeds vlugger draaide de wereld rond.

En plotseling sprong mijn vader van helemaal bovenaan op de tafel, en van de tafel op de
grond. De stoelen vielen om hem heen in het
zaagsel, de wereldbol ving hij op.

De man in het glimmende pak omhelsde hem.

'Wonderbaar...' zei hij. 'Wonderbaar, wonderbaar, wonderbaar.'

Ook Alexander Rosjnasjnosjki gaf mijn vader een hand. Hij keek niet vrolijk, maar dat kan natuurlijk ook niet, als je ergens niet meer de enige in de wereld van bent.

'Ik kan nog veel meer,' bromde hij.

'Ik ook,' zei mijn vader.

De man in het glimmende pak vroeg of mijn vader bij het circus wilde komen en elke dag met zijn pink op de wereld wilde staan, of op iets anders, een puntenslijper, of een houten breinaald.

Maar mijn vader wilde dat niet.

'Mag ik wel die wereldbol hebben?' vroeg hij.

We gingen met de wereldbol naar huis.

'Een leuk circus, vond je niet? ' zei mijn vader. 'Vooral die leeuwen vond ik heel goed.'

'Ja,' zei ik.

De wereldbol staat nu op mijn kast. Ik draai hem vaak in het rond. Op de noordpool heeft mijn vader gestaan. In de ijselijke koude, tussen de ijsberen en de eskimo's, op één vinger.

Ik zocht mijn vader.

'Waar is mijn vader?' riep ik. Ik zocht overal. 'Heeft iemand mijn vader gezien?'

Wat moet ik beginnen zonder mijn vader, dacht ik. 'Mijn vader!!'

'Hier!' hoorde ik opeens zijn stem.

'Waar?'

'Hier!' Ik hoorde hem roepen uit mijn broek- zak. Ik haalde hem tevoorschijn.

Hij was het echt, maar heel klein.

Wat moest ik daar nu van denken?

'Let op,' zei hij.

En plotseling was hij groot en boog zich over mij heen.

'Dag Jozef,' zei hij.

Hij glom.

'Hoe doe je dat toch?' vroeg ik.

'Ja...' zei hij. Hij glimlachte geheimzinnig.

'Kan je mij dat ook leren?'

'Nou...' zei hij. 'Later misschien.'

'Wanneer is later?'

'Ja...'

O, altijd dat geheimzinnige 'ja...' van mijn vader. Daar hield ik helemaal niet van. Dat wilde ik hem ook zeggen.

Maar plotseling kromp hij weer in elkaar en was hij weg.

Ik voelde in mijn broekzakken. Daar was hij niet.

'Waar ben je nu?' riep ik.

'Hier.'

'Waar is hier?'

'Later.'

'Later? Hoe kan dat nou weer?'

'Ja...'

Hij was dus ergens later, waar het niet nu was. Ik had nog nooit zoiets ingewikkelds meegemaakt.

'Is het daar mooi?' vroeg ik.

'Heel mooi,' zei hij.

'Wat is daar te zien?' vroeg ik.

'De zee,' zei hij. 'Kleine scheepjes. Meeuwen.'

Ik kon zijn stem nauwelijks meer horen.

'Waar ben je nu?' riep ik.

'Veel later, veel, veel later...'

'Vaar je soms weg?' riep ik.

Toen hoorde ik hem niet meer.

Ik zuchtte.

Ik dacht: wat ze ook zeggen: ik heb de ingewikkeldste vader van de wereld, dat is zeker.

En ik was niet bang dat hij misschien niet meer terug zou komen. Hij komt altijd terug. Hij weet daar duizend manieren voor.

Andere kinderboeken van Toon Tellegen
–Theo Thijssenprijs 1997–

* *Er ging geen dag voorbij* (1984)
* *Toen niemand iets te doen had* (1987) Gouden Griffel
  1988
Langzaam, zo snel als zij konden (1989) Zilveren
  Griffel 1990
Het feest op de maan – samen met Mance Post (1990)
Misschien waren zij nergens (1991)
* *Juffrouw Kachel* (1991) Libris Woutertje Pieterse
  Prijs 1992, Zilveren Penseel 1992 voor de illustraties
  van Harrie Geelen
* *Jannes* – samen met Peter Vos (1993) Zilveren Griffel
  1994
* *Bijna iedereen kon omvallen* (1993) Libris Woutertje
  Pieterse Prijs 1994, Gouden Griffel 1994
De verjaardag van de eekhoorn (1995) Gouden Penseel
  1996 voor de tekeningen van Geerten Ten Bosch
De ontdekking van de honing (1996)
Brieven aan niemand anders (1996)
Teunis – samen met Jan Jutte (1996) Zilveren Griffel
  1997
Dokter Deter (1997)
De verjaardag van alle anderen (1998) Zilveren Griffel
  1999
De genezing van de krekel (1999)
Er ligt een appel op een schaal (keuze uit de gedich-
  ten, 1999)
*Misschien wisten zij alles. 313 verhalen over de
  eekhoorn en de andere dieren* (1999)

* JeugdSalamander